白话遇见古诗文

遇见

郁海彤 编著

台海出版社

图书在版编目（CIP）数据

当白话遇见古诗文 / 郁海彤编著 . —— 北京：台海
出版社 , 2024. 11. —— ISBN 978-7-5168-3720-7

Ⅰ . I206

中国国家版本馆 CIP 数据核字第 2024JZ8383 号

当白话遇见古诗文

编　　著：郁海彤

责任编辑：徐　玥　　　　　　　　封面设计：韩海静

出版发行：台海出版社
地　　址：北京市东城区景山东街 20 号　邮政编码：100009
电　　话：010-64041652（发行，邮购）
传　　真：010-84045799（总编室）
网　　址：www.taimeng.org.cn/thcbs/default.htm
E - m a i l：thcbs@126.com

经　　销：全国各地新华书店
印　　刷：德富泰（唐山）印务有限公司
本书如有破损、缺页、装订错误，请与本社联系调换

开　　本：710 毫米 ×1000 毫米　　　1/16
字　　数：90 千字　　　　　　　　　印　　张：9
版　　次：2024 年 11 月第 1 版　　　印　　次：2024 年 11 月第 1 次印刷
书　　号：ISBN 978-7-5168-3720-7

定　　价：59.00 元

前言　总有一句惊艳你

　　有人说，不读古诗文，不足以知春秋历史；不读古诗文，不足以品文化精粹；不读古诗文，不足以感天地草木之灵；不读古诗文，不足以见流彩华章之美。古诗文是一座语言宝库，它的特点是高度概括、想象大胆、语言精练等，每一首诗都是一幅形象生动的图画，生动而真实地再现了古代诗人描绘的动人情景，它诞生在我们的脑海中，然后飞跃到我们的画纸上；古诗文像一门艺术的语言，初读如明月半墙、桂影斑驳，神秘莫测，再深入钻研，又如小鸟啄食：人至不去，万籁有声。

　　有人说，古诗文是属于中国人的浪漫，在中华文化的璀璨星河中，犹如一颗颗耀眼的明珠，熠熠生辉。它们不仅是语言的艺术，更是情感的流淌，智慧的结晶。每当我们读起那些熟悉的诗句时，仿佛能够穿越时空与古人对话，感受那份深沉而真挚的浪漫情怀。

古诗文意境唯美，描绘景物、叙述事件或抒发情感时，通常能营造出一种超越字面意义、引发读者共鸣的艺术境界，比如恋人离别时，会自然想到"相见时难别亦难，东风无力百花残"；为朋友送行时又会赠言"劝君更尽一杯酒，西出阳关无故人"。而生活中的口语大白话简洁明了，通俗易懂，语体更自然一些，就像平常跟朋友聊天一样。

作为中国众多传统文化中的一脉，古诗文有其独特的艺术形态和内涵，那些耳熟能详的古典诗词以及古文，一直在我们的生活之中。正所谓"腹有诗书气自华"，如果这些通俗的大白话遇见古诗文，就会产生不一样的"化学作用"。比如，白话"年轻时不努力，老了后悔也没用"，用古诗文表达就可以是"少壮不努力，老大徒伤悲"；再比如，白话"只看了你一眼，我就忘不掉"，用古诗文表达则可以是"只缘感君一回顾，使我思君朝与暮"。

古诗文的浪漫，是一种文化的传承和民族的骄傲。它们承载着中华民族的历史和文化底蕴，传递着古人的思想和情感。每一首古诗词都是一段历史的见证，每一篇古文都是一种文化的传承，我们要更加深入地了解中华博大精深的文化，更加自豪地传承和发扬这份宝贵的文化遗产。在今天这个快节奏的时代里，我们要不忘初心，传承和发扬古诗文的浪漫情怀。让古诗文的美在我们心中生根发芽，绽放出更加绚丽的光彩。用古诗文的智慧去感悟生活，用古诗文的情感去丰富心灵，让这份浪漫情怀永远流传在中华文化的长河中。

目　录

励志语录

白话 淡泊名利是福。

古诗文 莫言名与利，名利是身仇。

白话 不要骄傲自满，要不断精进，直到成功。

古诗文 百尺竿头须进步，十方世界是全身。

白话 挫折在所难免，向前冲吧。

古诗文 长风破浪会有时，直挂云帆济沧海。

白话 总有一天，你会成功的。

古诗文 大鹏一日同风起，扶摇直上九万里。

白话 道路虽远，唯有坚持不懈。

古诗文 路曼曼其修远兮，吾将上下而求索。

白话 那些无能为力的，只是没有出现在合适的位置。

古诗文 向来枉费推移力，此日中流自在行。

白话 风吹雨打都不怕。

古诗文 千磨万击还坚劲，任尔东西南北风。

白话 我总有一天会有出息的。

古诗文 仰天大笑出门去，我辈岂是蓬蒿人。

白话 无论如何，男人首先得养活自己。

古诗文 业无高卑志当坚，男儿有求安得闲。

白话 多思考，多分辨，多学习。

古诗文 别裁伪体亲风雅，转益多师是汝师。

白话 努力就可以创造奇迹。

古诗文 精诚所加，金石为开。

白话 别看我现在未成气候，只是时候未到。

古诗文 不飞则已，一飞冲天；不鸣则已，一鸣惊人。

白话 男子汉大丈夫应志在四方。

古诗文 丈夫不报国，终为愚贱人。

白话 真正的智慧不是去占有，而是与智者同行。

古诗文 人攀明月不可得，月行却与人相随。

白话 这是上天在考验你呢。

古诗文 天将降大任于是人也，必先苦其心志，劳其筋骨，饿其体肤，空乏其身，行拂乱其所为，所以动心忍性，曾益其所不能。

白话 多去看看外面的世界，多增长点见识。

古诗文 不登高山，不知天之高也；不临深溪，不知地之厚也。

白话 没有磨难，怎有成功？

古诗文 宝剑锋从磨砺出，梅花香自苦寒来。

白话 唯有真诚才能打动别人。

古诗文 真者，精诚之至也，不精不诚，不能动人。

白话 要成就大事，光能力突出还不够，还要有目标，要坚持。

古诗文 古之立大事者，不惟有超世之才，亦必有坚忍不拔之志。

白话 别让娱乐荒废了事业。

古诗文 业精于勤，荒于嬉。

白话 愿你卓尔不群，不要随风飘荡。

古诗文 愿君学长松，慎勿作桃李。

白话 受万人敬仰，青史留名。

古诗文 与天地兮比寿，与日月兮齐光。

白话 读书要专心。

古诗文 眼前直下三千字，胸次全无一点尘。

白话 你不能对自己要求太低。

古诗文 志当存高远，慕先贤。

白话 新事物推动旧事物发展。

古诗文 青，取之于蓝，而青于蓝；冰，水为之，而寒于水。

白话 现在辛苦一点儿，是为了以后的成就。

古诗文 少年辛苦终身事，莫向光阴惰寸功。

白话 没事，大家都会犯错。

古诗文 人非圣贤，孰能无过。

白话 每天坚持一点点，就能有所成就。

古诗文 绳锯木断，水滴石穿。

白话 多读书，多思考，多分辨，多行动。

古诗文 博学之，审问之，慎思之，明辨之，笃行之。

白话 每个人都有各自的天赋所在。

古诗文 尺有所短，寸有所长；物有所不足，智有所不明。

白话 不要因为外界的变动而迷失了自己。

古诗文 不为外撼，不以物移，而后可以任天下之大事。

白话 坚持就是胜利。

古诗文 锲而舍之，朽木不折；锲而不舍，金石可镂。

白话 我命由我不由天。

古诗文 歌曰人定兮胜天，半壁久无胡日月。

白话 年轻时不努力，老了就会后悔年轻时候荒废时间。

古诗文 少壮不努力，老大徒伤悲。

白话 大丈夫志在天下。

古诗文 丈夫清万里，谁能扫一室。

白话 只要努力，一切皆有可能。

古诗文 只要功夫深，铁杵磨成针。

白话 不会的多问问别人。

古诗文 敏而好学，不耻下问。

白话 读书多了才有话可说。

古诗文 人之能为人，由腹有诗书。诗书勤乃有，不勤腹空虚。

白话 今天的努力，明天的成就。

古诗文 古人学问无遗力，少壮工夫老始成。

白话 学习不要停留于表面。

古诗文 学非探其花，要自拨其根。

白话 学无止境。

古诗文 学似海收天下水。

白话 纵有天赋，不努力又有何用？

古诗文 人才虽高，不务学问，不能致圣。

白话 不要急功近利。

古诗文 为学作事，忌求近功。

白话 从小就爱读书，培养广阔的视野，志气很高。

古诗文 自小多才学，平生志气高。

白话 要边学边思考，不要死读书，也不要读死书。

古诗文 学而不思则罔，思而不学则殆。

白话 实践才是检验真理的唯一标准。

古诗文 纸上得来终觉浅，绝知此事要躬行。

白话 不努力很难成功。

古诗文 力学如力耕，勤惰尔自知。

白话 每个人身上都有我们值得学习的地方。

古诗文 三人行，必有我师焉。

白话 不要钻牛角尖，这个学不通就学别的。

古诗文 一个浑身有几何，学书不就学兵戈。

白话 道路千万条，每个人走的都不一样。

古诗文 别人怀宝剑，我有笔如刀。

白话 时间无法倒流。

古诗文 盛年不重来，一日难再晨。

白话 有高尚气节的人才受人尊敬。

古诗文 高节人相重，虚心世所知。

白话 东西还是新的好。

古诗文 一尺深红胜曲尘，天生旧物不如新。

白话 我才不要做一个只会读书的人。

古诗文 宁为百夫长，胜作一书生。

白话 地方虽小，也可能藏龙卧虎。

古诗文 时人莫小池中水，浅处无妨有卧龙。

白话 人都有一死，为国而死才值当。

古诗文 人生自古谁无死？留取丹心照汗青。

白话 我岂能委屈自己，屈服于有势利的人。

古诗文 安能摧眉折腰事权贵，使我不得开心颜。

白话 想太多，人易老。

古诗文 南思北想无安着，明镜催人白发多。

白话 学习别人的长处，改正自己的短处。

古诗文 择其善者而从之，其不善者而改之。

白话 我的心始终装着国家大事。

古诗文 了却君王天下事，赢得生前身后名。

白话 想当年我也努力读书，考取功名，寻找建功立业的机会。

古诗文 当年万里觅封侯。匹马戍梁州。

白话 为了功名，忙活了很多年，不觉已频添白发。

古诗文 两字功名频看镜，不饶人白发星星。

白话 希望每天都会有不同的人才诞生啊。

古诗文 我劝天公重抖擞，不拘一格降人才。

白话 我们的友情无价。

古诗文 行来北凉岁月深，感君贵义轻黄金。

白话 年少时结交了很多好友。

古诗文 少年侠气，交结五都雄。

白话 多夸赞别人，不要贬损别人。

古诗文 君子不蔽人之美，不言人恶。

白话 看看夕阳的美景，我感觉身体都好多了。

古诗文 落日心犹壮，秋风病欲苏。

白话 不说人家是非，就可以免除很多麻烦。

古诗文 逢人不说人间事，便是人间无事人。

白话 好久没和家里人联系了。

古诗文 音书断绝干戈后，亲友相逢梦寐间。

白话 男子汉大丈夫就要有所作为，取得不一般的成就。

古诗文 要为天下奇男子，须历人间万里程。

白话 不要到了老了才后悔啊，那时就已经晚了。

古诗文 莫等闲，白了少年头，空悲切。

白话 真诚、勇敢，没有人敢欺负你，但也不要去欺负别人。

古诗文 诚既勇兮又以武，终刚强兮不可凌。

白话 生活好了，大家都奢侈浪费，我却认为节俭才是好的。

古诗文 众人皆以奢靡为荣，吾心独以俭素为美。

白话 以前的困顿就不提了，现在过得好了，身心倍爽。

古诗文 昔日龌龊不足夸，今朝放荡思无涯。

白话 想有所成就，就要行动。

古诗文 功名祇向马上取，真是英雄一丈夫。

白话 山不会嫌自己太高，水不会嫌自己太深。

古诗文 山不厌高，海不厌深。

白话 没有对手，我很寂寞。

古诗文 男儿身手和谁赌，老来猛气还轩举。

白话 心中的苦闷，无边无际。

古诗文 天无涯兮地无边，我心愁兮亦复然。

白话 一年一年，时间过得好快。

古诗文 流光容易把人抛，红了樱桃，绿了芭蕉。

白话 每天都要不断精进，哪能无所事事。

古诗文 壮士怀愤激，安能守虚冲？

白话 不达目的，我绝不会放弃。

古诗文 逆胡未灭心未平，孤剑床头铿有声。

白话 男子汉大丈夫为什么不出去闯一闯，闯出一番功业呢？

古诗文 男儿何不带吴钩？收取关山五十州。

白话 才智浅薄，志向远大，有些不自量力，大家都笑我。

古诗文 才疏志大不自量，西家东家笑我狂。

白话 只要全力以赴，谁也阻挡不了我。

古诗文 一卒毕力，百人不当。

白话 我从未忘记过我的雄心壮志。

古诗文 有谁知，鬓虽残，心未死。

白话 荒废久了，就会生疏。

古诗文 三日不读，口生荆棘；三日不弹，手生荆棘。

白话 你可千万别钻牛角尖。

古诗文 岂学书生辈，窗间老一经。

白话 欢乐的时光总是宝贵的。

古诗文 春宵一刻值千金。

白话 珍惜眼前的美好，及时行动。

古诗文 花开堪折直须折，莫待无花空折枝。

白话 谁好谁坏，我难评高下。

古诗文 梅须逊雪三分白，雪却输梅一段香。

白话 做人没有志向等于虚度年华。

古诗文 有志不在年高，无志空活百岁。

白话 有志向的人不贪恋眼前的个人私利。

古诗文 良马不念秣，烈士不苟营。

白话 人生很短，别垂头丧气，裹足不前。

古诗文 丈夫生世会几时，安能蹀躞垂羽翼。

白话 别惧怕失败，奋斗的精神永存。

古诗文 刑天舞干戚，猛志固常在。

白话 遭受不公时，也要坚持自己的原则。

古诗文 受屈不改心，然后知君子。

白话 只要你有能力，还怕不能高飞吗？

古诗文 但令毛羽在，何处不翻飞。

白话 没有远大的目标，读再多的书也没用。

古诗文 男儿无英标，焉用读书博。

白话 有道德的人是不会孤单的。

古诗文 德不孤，必有邻。

白话 不管生死都要做最杰出的。

古诗文 生当作人杰，死亦为鬼雄。

白话 人是会变的啊。

古诗文 年年岁岁花相似，岁岁年年人不同。

白话 学习要趁早，时间不等人。

古诗文 及时当勉励，岁月不待人。

白话 没有志向枉为人。

古诗文 男儿不展风云志，空负天生八尺躯。

白话 先立志，再成事。

古诗文 不患才不及，而只患志不立。

白话 别等到老了才后悔年轻时没好好学习。

古诗文 黑发不知勤学早，白首方悔读书迟。

白话 失败不可怕，只要心不死。

古诗文 野火烧不尽，春风吹又生。

白话 坚定目标，比什么都重要。

古诗文 咬定青山不放松，立根原在破岩中。

白话 要有坚韧的品质，你的责任很重大。

古诗文 士不可以不弘毅，任重而道远。

白话 站得高，才能看得远。

古诗文 欲穷千里目，更上一层楼。

白话 珍惜年少的时光吧。

古诗文 劝君莫惜金缕衣，劝君惜取少年时。

白话 时间过得好快。

古诗文 惊风飘白日，光景西驰流。

白话 学无止境。

古诗文 吾生也有涯，而知也无涯。

白话 优秀的文章大家可以一起研究。

古诗文 奇文共欣赏，疑义相与析。

白话 多读书，多学习，坚定目标。

古诗文 非学无以广才，非志无以成学。

白话 宝马配英雄。

古诗文 健儿须快马，快马须健儿。

白话 日积月累，水滴石穿。

古诗文 日日行，不怕千万里；常常做，不怕千万事。

白话 这是我们每一个人的责任啊。

古诗文 天下兴亡，匹夫有责。

白话 碰到好书，通宵也要读完。

古诗文 出师一表通今古，夜半挑灯更细看。

白话 事物的本质很难改变。

古诗文 石可破也，而不可夺坚；丹可磨也，而不可夺赤。

白话 老了也有志气。

古诗文 老骥伏枥，志在千里；烈士暮年，壮心不已。

白话 大丈夫应该胸怀天下。

古诗文 丈夫志四海，万里犹比邻。

白话　慢慢积累，才能得心应手为己所用。

古诗文　博观而约取，厚积而薄发。

白话　也不看看自己几斤几两。

古诗文　蚍蜉撼大树，可笑不自量。

白话　读书使我快乐，书籍是我最好的朋友。

古诗文　书卷多情似故人，晨昏忧乐每相亲。

白话　读书多了，道理自然就明白了。

古诗文　旧书不厌百回读，熟读深思子自知。

白话　埋头苦干不如多思多看。

古诗文　退笔如山未足珍，读书万卷始通神。

白话 读书可以培养气质。

古诗文 读书不作儒生酸。

白话 需要用到的时候才发觉书读得太少了，只有经历过才知道事情的难易。

古诗文 书到用时方恨少，事非经过不知难。

白话 立下志向，多读书。

古诗文 发奋识遍天下字，立志读尽人间书。

白话 不积累书籍，只顾积累钱财，令人鄙夷！

古诗文 积金不积书，守财一何鄙！

白话 读书让人欢喜。

古诗文 当怒读则喜，当病读则痊。

白话 读书使我忘了一切。

古诗文 读书不觉已春深，一寸光阴一寸金。

白话 读书要抓住实质，而不要停留于表面。

古诗文 读书贵神解，无事守章句。

白话 基础要扎实。

古诗文 学如弓弩，才如箭镞。

白话 自己不想做的事，也不要强迫别人做。

古诗文 己所不欲，勿施于人。

白话 不经历风雨，怎见彩虹？

古诗文 不经一番寒彻骨，怎得梅花扑鼻香。

白话 在绝望中寻找希望，人生终将辉煌。

古诗文 沉舟侧畔千帆过，病树前头万木春。

白话 人才都是锻炼出来的。

古诗文 千锤万凿出深山，烈火焚烧若等闲。

白话 不要光想，先去做。

古诗文 千里之行，始于足下。

白话 积少成多，每天进步一点点，一年后就是巨大的进步。

古诗文 积土而为山，积水而为海。

白话 看着自己一天天老去，就怕到头来依旧一事无成。

古诗文 老冉冉其将至兮，恐修名之不立。

白话 不要因为年轻就浪费时光。

古诗文 莫倚儿童轻岁月，丈人曾共尔同年。

白话 要看得起自己。

古诗文 恢弘志士之气，不宜妄自菲薄。

白话 历尽艰辛之后，是真金自然会被发现。

古诗文 千淘万漉虽辛苦，吹尽狂沙始到金。

白话 我要追求向往的境地。

古诗文 我愿生两翅，捕逐出八荒。

白话 人生除了生死，都是小事。

古诗文 世上万般哀苦事，无非死别与生离。

白话 别在乎那些虚名，要对得起自己。

古诗文 古来多被虚名误，宁负虚名身莫负。

白话 只要做出成就，就能让别人看到你。

古诗文 时人不识凌云木，直待凌云始道高。

白话 就算视力不如从前，也不忘读书。

古诗文 灯前目力虽非昔，犹课蝇头二万言。

白话 不要放弃自己，曾经的努力一定能换来结果。

古诗文 天生我材必有用，千金散尽还复来。

白话 勤奋读书，未来才能有所成就。

古诗文 富贵必从勤苦得，男儿须读五车书。

白话 人越往前走，朋友越少，嫉妒你的人也会越多。

古诗文 莫嫌举世无知己，未有庸人不忌才。

白话 读书多了，下笔才有分量，睡觉少，枕头就会保持长新。

古诗文 书多笔渐重，睡少枕长新。

白话 登上山顶，才能俯瞰群山。

古诗文 会当凌绝顶，一览众山小。

白话 时间过得很快，别荒废了现在的时光。

古诗文 少年易老学难成，一寸光阴不可轻。

白话 把学习当作一种乐趣，才是会学习的人。

古诗文 知之者不如好之者，好之者不如乐之者。

白话 再小的坏事也是恶，再小的好事也是善。

古诗文 勿以恶小而为之，勿以善小而不为。

白话 人要学会自我驱动，才能始终保持活力。

古诗文 问渠那得清如许？为有源头活水来。

白话 沉浸在思想的乐趣中。

古诗文 不是道人来引笑，周情孔思正追寻。

白话 还是我道行不深啊。

古诗文 此时此景真堪画，只恐丹青笔未精。

白话 你写得真的太棒了。

古诗文 笔落惊风雨，诗成泣鬼神。

白话 当你取得成功之时，就可以悠闲地看着别人奋斗了。

古诗文 明年此日青云去，却笑人间举子忙。

白话 要善始善终。

古诗文 靡不有初，鲜克有终。

白话 随遇而安，天无绝人之路。

古诗文 行到水穷处，坐看云起时。

白话 你不能决定你的出身，但你能改变你的人生。

古诗文 苔花如米小，也学牡丹开。

白话 别在意别人的嘲笑，要用实力证明自己。

古诗文 三冬今足用，谁笑腹空虚。

白话　即使再穷，也不能抛弃自己的志向。

古诗文　穷且益坚，不坠青云之志。

白话　即便再困难，也要积极面对生活。

古诗文　一蓑烟雨任平生。

寻常滋味

白话 吃饱喝足，困了就上床睡觉。

古诗文 饭饱茶香，瞌睡之时便上床。

白话 好酒摆上来，亲友同我一起去游玩。

古诗文 置酒高殿上，亲交从我游。

白话 这顿大餐花了不少钱吧。

古诗文 金樽清酒斗十千，玉盘珍羞直万钱。

白话 人生最大的快乐就是无所谓快乐，最大的荣誉就是不追求荣誉。

古诗文 至乐无乐，至誉无誉。

白话 吃饱喝足，我的精气神来了。

古诗文 食饱心自若，酒酣气益振。

白话 歌声停了，灯火也灭了。

古诗文 笙歌归院落，灯火下楼台。

白话 我独自一人和月亮对饮。

古诗文 举杯邀明月，对影成三人。

白话 来，一起干一杯。

古诗文 把酒祝东风，且共从容。

白话 我对美食是有追求的。

古诗文 食不厌精，脍不厌细。

白话 粗茶淡饭，也是美味啊！

古诗文 饭疏食，饮水，曲肱而枕之，乐亦在其中矣。

白话 意不在酒，而在于风景。

古诗文 醉翁之意不在酒，在乎山水之间也。

白话 这月饼味道还不错。

古诗文 小饼如嚼月，中有酥和饴。

白话 做饭要注意火候啊！

古诗文 待他自熟莫催他，火候足时他自美。

白话 今天随便吃一点家常便饭吧。

古诗文 夜雨剪春韭，新炊间黄粱。

白话 这鱼片切得多好啊。

古诗文 饔子左右挥双刀，脍飞金盘白雪高。

白话 今天我亲自下厨做了一顿美味佳肴。

古诗文 今日山翁自治厨，嘉殽不似出贫居。

白话 又到了吃大闸蟹的时候了，拿着蟹，倒上酒，眼睛都亮了。

古诗文 蟹黄旋擘馋涎堕，酒渌初倾老眼明。

白话 添水和面，做出来的面食金黄金黄的。

古诗文 纤手搓来玉数寻，碧油煎出嫩黄深。

白话 卷起衣袖，拿起螃蟹，太美味了。

古诗文 摇扇对酒楼，持袂把蟹螯。

白话 这道菜不需要调味品都好吃。

古诗文 不须酱醋与椒盐，一遍香如一遍。

白话 这美酒真让人心情愉悦。

古诗文 葡萄美酒夜光杯，欲饮琵琶马上催。

白话 不胜酒力，刚喝一点就有醉意了。

古诗文 绿酒初尝人易醉，一枕小窗浓睡。

白话 来年春天我们一起喝春茶。

古诗文 待到春风二三月，石垆敲火试新茶。

白话 喝完酒一觉睡到大天亮。

古诗文 醉来方欲卧，不觉晓鸡鸣。

白话 鲈鱼肥美，配上香气扑鼻的荞麦饼，简直人间美味。

古诗文 鲈肥菰脆调羹美，荞熟油新作饼香。

白话 吃鲫鱼哪能少得了芹菜，美味可口。

古诗文 鲜鲫银丝脍，香芹碧涧羹。

白话 一起吃饭就要吃得开心。

古诗文 蓼芽蔬甲簇青红，盘箸纷纷笑语中。

白话 我不会种豆。

古诗文 种豆豆苗稀，力竭心已腐。

白话 蔬菜果实就要吃新鲜的，不需要添加作料。

古诗文 采掇归来便堪煮，半铢盐酪不须添。

白话 这场酒宴真是高规格。

古诗文 烹龙炮凤玉脂泣，罗帏绣幕围香风。

白话 为了吃，我什么都愿意去做。

古诗文 日啖荔枝三百颗，不辞长作岭南人。

白话 看这里的景色就知道有美食。

古诗文 长江绕郭知鱼美，好竹连山觉笋香。

白话 喝了酒就困，被太阳晒了就口渴。

古诗文 酒困路长惟欲睡，日高人渴漫思茶。

白话 美好的时光总是让人格外珍惜。

古诗文 若待得君来向此，花前对酒不忍触。

白话 这烟花好绚烂啊。

古诗文 纷纷灿烂如星陨，熠熠喧豗似火攻。

白话 满腹的伤心却难以描述出来。

古诗文 满肚岁寒无著处，此情难与俗人言。

白话 虽然没有生死之交，但是我有没心机的朋友。

古诗文 虽无刎颈交，却有忘机友。

白话 今天不醉不归。

古诗文 钟鼓馔玉不足贵，但愿长醉不复醒。

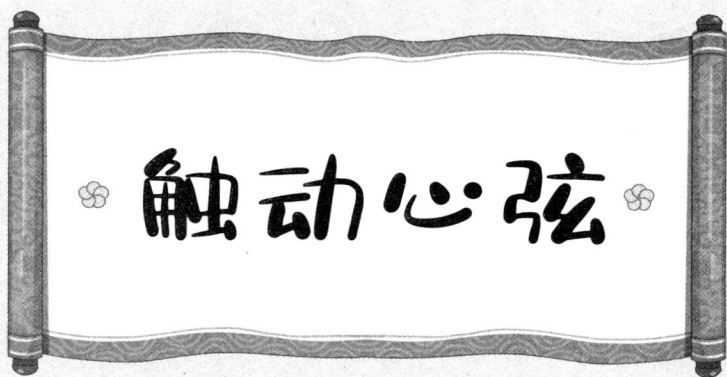

触动心弦

白话 只看了你一眼，我就忘不掉。

古诗文 只缘感君一回顾，使我思君朝与暮。

白话 遇到你以后，其他人都成了将就。

古诗文 曾经沧海难为水，除却巫山不是云。

白话 美丽贤淑的女人谁不想追求。

古诗文 窈窕淑女，寤寐求之。

白话 想念你，翻来覆去睡不着觉。

古诗文 悠哉悠哉，辗转反侧。

白话 和一个姑娘约会，她却故意躲藏，急得我抓耳挠腮。

古诗文 静女其姝，俟我于城隅。爱而不见，搔首踟蹰。

白话 我可真自作多情啊。

古诗文 我本将心向明月，奈何明月照沟渠。

白话 并不是所有的感情都能得到共鸣。

古诗文 落花有意随流水，流水无心恋落花。

白话 思念你却见不到你，度日如年啊。

古诗文 一日不见，如隔三秋。

白话 日夜思念你，却见不到你，只能喝着同一个地方的水。

古诗文 日日思君不见君，共饮长江水。

白话 真爱不会输给距离。

古诗文 两情若是久长时，又岂在朝朝暮暮。

白话 他的心变得好快，说不爱就不爱了。

古诗文 世情薄，人情恶，雨送黄昏花易落。

白话 生死相隔，你在那边还好吗？

古诗文 十年生死两茫茫，不思量，自难忘。

白话 只要你不说分手，我就永远不和你分手。

古诗文 只愿君心似我心，定不负相思意。

白话 那时候的我们还不懂什么是爱情。

古诗文 此情可待成追忆，只是当时已惘然。

白话 遇见你，是我今生最大的幸运。

古诗文 金风玉露一相逢，便胜却人间无数。

白话 夜里想念爱人，只能对月长叹。

古诗文 孤灯不明思欲绝，卷帷望月空长叹。

白话 有一个超凡脱俗的姑娘。

古诗文 北方有佳人，遗世而独立。

白话 别让感情影响到事业。

古诗文 春宵苦短日高起，从此君王不早朝。

白话 她的笑容，让其他人黯然失色。

古诗文 回眸一笑百媚生，六宫粉黛无颜色。

白话 今生今世，唯有你。

古诗文 在天愿作比翼鸟，在地愿为连理枝。

白话 我喜欢你，你却不知道。

古诗文 山有木兮木有枝，心悦君兮君不知。

白话 爱情，总是令人向往。我想念的人，就在不远处。

古诗文 蒹葭苍苍，白露为霜。所谓伊人，在水一方。

白话 有此佳人，时刻都想与她在一起。

古诗文 云鬓花颜金步摇，芙蓉帐暖度春宵。

白话 想你想得人都瘦了。

古诗文 衣带渐宽终不悔，为伊消得人憔悴。

白话 爱你，永世无悔。

古诗文 春蚕到死丝方尽，蜡炬成灰泪始干。

白话 我们结束了，以后别联系。

古诗文 此后锦书休寄，画楼云雨无凭。

白话 离别后总想相见，但都是在梦里。

古诗文 从别后，忆相逢。几回魂梦与君同。

白话 我们会一直在一起。

古诗文 愿得一心人，白头不相离。

白话 我们俩心有灵犀。

古诗文 身无彩凤双飞翼，心有灵犀一点通。

白话 我想你了。

古诗文 玲珑骰子安红豆，入骨相思知不知。

白话　爱情是无价的。

古诗文　易求无价宝，难得有心郎。

白话　你知道我在想你吗？

古诗文　相思相见知何日？此时此夜难为情！

白话　见面后更加思念了，我们还不如不见面。

古诗文　相见争如不见，多情何似无情。

白话　你的承诺全都是泡沫啊！

古诗文　纵令然诺暂相许，终是悠悠行路心。

白话　我也不知道什么时候回来啊。

古诗文　君问归期未有期，巴山夜雨涨秋池。

白话 心中有很多情感，却无处可诉。

古诗文 几多情，无处说。

白话 今夜我很想你。

古诗文 人悄悄，月依依，翠帘垂。

白话 我在夜晚思念你。

古诗文 别有相思处，啼鸟杂夜风。

白话 夜晚孤独一人与灯影相伴，看看月亮思念爱人。

古诗文 谁家独夜愁灯影，何处空楼思月明。

白话 想念你却怕打扰到你，只能在冷风中独自惆怅。

古诗文 相思无因见，怅望凉风前。

白话 往事依旧，只是没有了你。

古诗文 碧野朱桥当日事，人不见，水空流。

白话 谁推响了窗户，我还以为是你，害我白激动一场。

古诗文 帘外谁来推绣户，枉教人、梦断瑶台曲。

白话 又是一季的秋天，我依然怀念你。

古诗文 怀君属秋夜，散步咏凉天。

白话 我们分开这么长时间了啊。

古诗文 离别一何久，七度过中秋。

白话 距离让思念更浓。

古诗文 重见金英人未见，相思一夜天涯远。

白话 现在大家都忙啊，隔着两地见一面也不容易。

古诗文 故人故情怀故宴，相望相思不相见。

白话 去年花开时我们分别，如今已一年了。

古诗文 去年花里逢君别，今日花开已一年。

白话 你一直在我的脑海中，我日夜思念你。

古诗文 肠深解不得，无夕不思量。

白话 想念你就去见你，我们相谈甚欢。

古诗文 相思则披衣，言笑无厌时。

白话 一切尽在这杯酒中。

古诗文 秋风倦客，一杯情话，为君倾倒。

白话 我们下次见面又是在什么时候?

古诗文 不知来岁牡丹时,再相逢何处。

白话 每天想你千百遍。

古诗文 一日不思量,也攒眉千度。

白话 别嫌弃,礼轻情意重。

古诗文 江南无所有,聊赠一枝春。

白话 离人心上愁。

古诗文 一种相思,两处闲愁。

白话 一个人的夜晚,感觉有些冷。

古诗文 灭烛怜光满,披衣觉露滋。

白话 你就像空气，始终围绕在我身旁。

古诗文 晓看天色暮看云，行也思君，坐也思君。

白话 记得那年，你与我在分别时互诉情谊。

古诗文 黄菊开时伤聚散。曾记花前，共说深深愿。

白话 当眼泪流下来时，她满脸愁容。

古诗文 桃花脸薄难藏泪，柳叶眉长易觉愁。

白话 再多的山盟海誓，也抵不住这一刻的春愁。

古诗文 说盟说誓，说情说意，动便春愁满纸。

白话 我们倚在一起赏月，小声低语。

古诗文 倦倚玉兰看月晕，容易语低香近。

白话 还是忍不住会想你。

古诗文 怕相思，已相思，轮到相思没处辞，眉间露一丝。

白话 等你回来，我已想你千千万万遍。

古诗文 当君怀归日，是妾断肠时。

白话 想你时，你在哪里？

古诗文 桃花吹尽，佳人何在，门掩残红。

白话 回忆就像一道墙，隔绝了从前与现在。

古诗文 相思似海深，旧事如天远。

白话 情字难解，不知不觉又想到了你。

古诗文 此情无计可消除，才下眉头，却上心头。

白话 短暂的相逢好像在梦中，不忍与你分别。

古诗文 柔情似水，佳期如梦，忍顾鹊桥归路。

白话 看着镜中的自己，和以前不同了。

古诗文 每坐台前见玉容，今朝不与昨朝同。

白话 只能在梦中才能见到你。

古诗文 不堪盈手赠，还寝梦佳期。

白话 你走后，身边的一切都没了生气。

古诗文 别后不知君远近，触目凄凉多少闷。

白话 我想念的人在远方。

古诗文 我有所念人，隔在远远乡。

白话 分别时刻，哭过之后，感觉更难受了呢。

古诗文 泪滴千千万万行，更使人、愁肠断。

白话 我们俩相隔那么远，我越来越想你了。

古诗文 一重山，两重山。山远天高烟水寒，相思枫叶丹。

白话 刚想给你写信，却不知泪水早已流出。

古诗文 欲写彩笺书别怨。泪痕早已先书满。

白话 原来喜欢一个人是这样的滋味。

古诗文 平生不会相思，才会相思，便害相思。

白话 直到见到你，我心里的哀愁才算有了着落。

古诗文 思悠悠，恨悠悠，恨到归时方始休。月明人倚楼。

白话　已经很久没有你的消息了，谁能告诉我。

古诗文　渐行渐远渐无书，水阔鱼沉何处问。

白话　说了不想你，却还是会想你。

古诗文　直道相思了无益，未妨惆怅是清狂。

白话　我的心好乱，只因有情。

古诗文　天不老，情难绝。心似双丝网，中有千千结。

白话　我不找你，你就不会来找我吗？

古诗文　青青子佩，悠悠我思，纵我不往，子宁不来？

白话　我们原来分开这么久了。

古诗文　别后相思空一水，重来回首已三生。

白话 重游曾经一起去过的地方，依旧相思难解。

古诗文 肠已断，泪难收。相思重上小红楼。

白话 思念永无止境，无边无际。

古诗文 天涯地角有穷时，只有相思无尽处。

白话 同心结已成双成对，喜欢的人却音讯全无。

古诗文 罗带同心闲结遍。带易成双，人恨成双晚。

白话 雨一直下，声声都是离别的哀音。

古诗文 梧桐叶上三更雨，叶叶声声是别离。

白话 写一封信，填满我对你的情谊。

古诗文 红笺小字，说尽平生意。

白话 我们都哭了，却说不出一句话。

古诗文 执手相看泪眼，竟无语凝噎。

白话 我想与你梦中相见，却翻来覆去睡不着觉。

古诗文 故欹单枕梦中寻，梦又不成灯又烬。

白话 你已远去，不见踪影，我却还停留在原地，呆呆地望着你离去的方向。

古诗文 情知已被山遮断，频倚阑干不自由。

白话 没有你在身边，一切美景都好似少了一分颜色。

古诗文 此去经年，应是良辰好景虚设。

白话 遇见你时，我已结婚，多么令人遗憾。

古诗文 还君明珠双泪垂，恨不相逢未嫁时。

白话 有个姑娘，我见过一次就忘不了，还会一直想她。

古诗文 有美人兮，见之不忘，一日不见兮，思之如狂。

白话 曾经难以理解那些陷入爱情的人，直到我自己陷入了爱情，才恍然大悟。

古诗文 若教眼底无离恨，不信人间有白头。

白话 想给你写信，却不知道你在哪里。

古诗文 欲寄彩笺兼尺素，山长水阔知何处。

白话 月亮哪懂什么人间疾苦，那月光直到破晓还照在窗户上。

古诗文 明月不谙离恨苦，斜光到晓穿朱户。

白话 爱情究竟是什么，竟要以生死相待。

古诗文 问世间，情是何物，直教生死相许。

白话 不知今夜究竟是哪夜，见到一位不错的人。

古诗文 今夕何夕，见此良人。

白话 多年不见，他说我没以前有气色了。

古诗文 山秋云物冷，称我清羸颜。

白话 下雨天，歌还没听，就已经开始伤感了。

古诗文 如今风雨西楼夜，不听清歌也泪垂。

白话 怕别人问，我强颜欢笑。

古诗文 怕人寻问，咽泪装欢。

白话 万物复苏，我却想你想得憔悴了许多。

古诗文 终日两相思，为君憔悴尽，百花时。

白话 你伤害了我，转身离开，我的忧愁就像无尽的水流。

古诗文 花红易衰似郎意，水流无限似侬愁。

白话 骗我一次又一次，我却越来越难忘你。

古诗文 相恨不如潮有信，相思始觉海非深。

白话 上车了，真想快点见到你。

古诗文 已驾七香车，心心待晓霞。

白话 我们早晚有一天会在一起。

古诗文 两朵隔墙花，早晚成连理。

白话 无人听我诉说满腔情意。

古诗文 便纵有千种风情，更与何人说。

白话 走过花丛也懒得回头看，因为自从爱上了你，其他人在我眼里都没了颜色。

古诗文 取次花丛懒回顾，半缘修道半缘君。

白话 我爱你，无关其他，只是爱你。

古诗文 人生自是有情痴，此恨不关风与月。

白话 多希望和你变成天上的星和月，没日没夜紧挨着。

古诗文 愿我如星君如月，夜夜流光相皎洁。

白话 一想起你，就不自觉悲哀，人生百年，又有多久时间。

古诗文 闲坐悲君亦自悲，百年都是几多时。

白话 没有我的日子里，你过得还好吗？

古诗文 伤心明月凭阑干，想君思我锦衾寒。

白话 一个人在家里，思绪千千万。

古诗文 寂寞深闺，柔肠一寸愁千缕。

白话 我劈核桃，桃仁在桃核里，你在我心里。

古诗文 终日劈桃穰，仁在心儿里。

白话 我也曾年轻过啊，那时多么美好。

古诗文 相思处、青年如梦，乘鸾仙阙。

白话 容颜不在了，夜晚更觉寒冷。

古诗文 晓镜但愁云鬓改，夜吟应觉月光寒。

白话 我在远处遥望，愿思念如月光照耀。

古诗文 此时相望不相闻，愿逐月华流照君。

白话 分开之后，我整个人都像丢了魂似的。

古诗文 古人皆恨别，此别恨消魂。

白话 想要却得不到就心里痒痒的。

古诗文 求之不得，寤寐思服。

白话 看见炉中飘着烟，池塘里残花成片，我就可以给你写出一个相思的故事。

古诗文 兽炉沉水烟，翠沼残花片，一行写入相思传。

白话 我的心好乱，只想知道你的消息。

古诗文 心几烦而不绝兮，得知王子。

白话 我喜欢的是你长得帅，你喜欢的是我长得美。

古诗文 我既媚君姿，君亦悦我颜。

白话 只要能和你长相厮守，死也不怕，更不会羡慕天上的神仙。

古诗文 得成比目何辞死，愿作鸳鸯不羡仙。

白话 人已经回不到从前，今时不同往日，我生病了很难受。

古诗文 人成各，今非昨，病魂常似秋千索。

白话 窗外下着雨，我在屋里哭泣，直到天亮。

古诗文 枕前泪共阶前雨，隔个窗儿滴到明。

白话 手拉着手生死与共，绝不分离。

古诗文 死生契阔，与子成说。执子之手，与子偕老。

白话 你是路上的清尘高高在上，我是浑浊的泥水，想要在一起太难了。

古诗文 君若清路尘，妾若浊水泥，浮沉各异势，会合何时谐。

白话 看着月亮，想着跟我离别的你，是多么伤心难过。

古诗文 凄凉别后两应同，最是不胜清怨月明中。

白话 一个人真的很孤单，为什么不能和你同生共死？

古诗文 嗟余只影系人间，如何同生不同死？

白话 我这么想你，你竟然不知道。

古诗文 相思树底说相思，思郎恨郎郎不知。

白话 站在这里的人，是为了谁吹了一晚上的风。

古诗文 似此星辰非昨夜，为谁风露立中宵。

白话 只要活着我对你的情意就不会变，看见流水都会想你。

古诗文 深知身在情长在，怅望江头江水声。

白话 一个人多情的时间长了就会变得薄情，现在真后悔以前的多情。

古诗文 人到情多情转薄，而今真个悔多情。

白话 分离之后，你在想我，我也在想你。

古诗文 似把剪刀裁别恨，两人分得一般愁。

白话 天长地久也会有尽头，但生死的遗恨却没有尽头。

古诗文 天长地久有时尽，此恨绵绵无绝期。

白话 流着眼泪写信，别的都可以不在乎，只有感情难以磨灭。

古诗文 重叠泪痕缄锦字，人生只有情难死。

白话 燕子都成双成对，我却孤单一个人。

古诗文 落花人独立，微雨燕双飞。

白话 能遇见但是却不能一直在一起，期盼的爱情变成了骗人的空话。

古诗文 若说没奇缘，今生偏又遇着他。若说有奇缘，如何心事终虚化？

白话 走之前就想说好什么时候回来，离别的时候却只能哽咽着说不出话。

古诗文 尊前拟把归期说，欲语春容先惨咽。

白话 你我既然成了夫妻，就要相互扶持，信任对方。

古诗文 结发为夫妻，恩爱两不疑。

白话 靠着栏杆哭了一晚上，无人诉说，只能把心事说给自己听。

古诗文 晓风干，泪痕残。欲笺心事，独语斜阑。

白话 纵然花千金买了名赋，但我的情谊又能跟谁倾诉。

古诗文 千金纵买相如赋，脉脉此情谁诉。

白话 想做一场好梦，却总也梦不成，没人知道我的情谊。

古诗文 寻好梦，梦难成。况谁知我此时情。

白话 心事不知道说给谁听，之前说好的誓言，总是被人辜负。

古诗文 一场寂寞凭谁诉。算前言，总轻负。

白话 一直想要见你一面，见不到总是让人坐立不安。

古诗文 望君不能坐，悲苦愁我心。

白话 每个男人都喜欢漂亮贤淑的姑娘。

古诗文 窈窕淑女，君子好逑。

白话 阳光照出来你的影子都能吸引我的视线，想要紧紧跟随它。

古诗文 君在阴兮影不见，君依光兮妾所愿。

白话 在江南的美景里，再一次遇见你。

古诗文 正是江南好风景，落花时节又逢君。

白话 如果你的心能换成我的心，你就知道我有多想你了。

古诗文 换我心，为你心，始知相忆深。

白话 想念的心就像流水，日夜不停。

古诗文 忆君心似西江水，日夜东流无歇时。

白话 距离太远让我魂牵梦萦，对你的思念让我抓心挠肝。

古诗文 天长路远魂飞苦，梦魂不到关山难，长相思，摧心肝。

白话 曾经事情已经化为乌有，就仿佛做了一场梦。

古诗文 往事已成空，还如一梦中。

白话 哭着问花，花却根本不说话。

古诗文 泪眼问花花不语，乱红飞过秋千去。

白话 你不在我根本睡不着，只能卧在枕头上想你。

古诗文 懒卧相思枕，愁吟夜起来。

白话 不知道什么时候有你的梦就醒了，只有月亮看着我想你。

古诗文 不知魂已断，空有梦相随。除却天边月，没人知。

白话 想要给你邮寄保暖的衣服，又怕你不再回来，不寄衣服又怕你挨冻受冷。

古诗文 欲寄君衣君不还，不寄君衣君又寒。

白话 最好的日子莫过于，白天和你说笑，晚上可以多读读书。

古诗文 笑向卿卿道，耽书夜夜多。

白话 多情的人总会留有遗憾，越美的梦就越容易醒。

古诗文 多情自古空余恨，好梦由来最易醒。

白话 在人群里寻找那人的身影，却没看见，回头的时候发现那人就站在灯光将尽的地方。

古诗文 众里寻他千百度，蓦然回首，那人却在，灯火阑珊处。

白话 蜡烛看见我伤心，都在替我流泪。

古诗文 蜡烛有心还惜别，替人垂泪到天明。

白话 渴望爱情的心切莫同春花争相竞放，好担心对你的思念最后都化为灰烬。

古诗文 春心莫共花争发，一寸相思一寸灰。

白话 用了很长时间寻找，却总也找不到，冷清凄凉，总感觉心里非常难受。

古诗文 寻寻觅觅，冷冷清清，凄凄惨惨戚戚。

白话 送你离开后，我心里非常忧愁，不知道怎么缓解，只能与凉风为伴。

古诗文 送君归去愁不尽，又惜空度凉风天。

白话 想念了一整晚都没有看见人，看着梅花探到窗前，恍惚以为是你来了。

古诗文 相思一夜梅花发，忽到窗前疑是君。

白话 两个人相爱却不能相守，只能惦念着彼此直到老去。

古诗文 同心而离居，忧伤以终老。

白话 就算咱们死后埋在一起，也不一定来世还能再聚。

古诗文 同穴窅冥何所望，他生缘会更难期。

白话 看着你一个人郁闷，其实我知道你难受的心情。

古诗文 怜君独卧无言语，唯我知君此夜心。

白话 和我一起饮酒沉醉吧，大睡一场，摆脱忧愁。

古诗文 劝君频入醉乡来，此是无愁无恨处。

白话 不想在夜晚站在高楼上远望，对你的想念让我酒入愁肠，越发难受。

古诗文 明月楼高休独倚，酒入愁肠，化作相思泪。

白话 离愁就像丝线，剪不断，理不清，心里有一种莫名的难受。

古诗文 剪不断，理还乱，是离愁，别是一般滋味在心头。

白话 你离开家之后，对你的想念就一直没有停歇，即使镜子满是灰尘，我也不去擦拭。

古诗文 自君之出矣，明镜暗不治。思君如流水，何有穷已时。

白话 想念让我消瘦，你要是因此心疼我，我也会更加心疼你。

古诗文 瘦影自临春水照，卿须怜我我怜卿。

白话 喜欢你时看你怎样都可爱，做什么都觉得你对。

古诗文 君宠益娇态，君怜无是非。

白话 分开不过几天，想要再见却隔着很远的距离。

古诗文 君行无几日，当复隔山陂。

白话 春天到了，一个人的寂寞难以言说，琴要弹给谁听呢？

古诗文 春未足，闺愁难寄，琴心谁与？

白话 你出去这一趟已经非常久了，只留下我一个人独守空房。

古诗文 君行逾十年，孤妾常独栖。

白话 听说有的香料辛辣醇厚，就像我思念你的感觉一样。

古诗文 蛮姜豆蔻相思味。

白话 海里的鱼永远也追不上天边的雁，世间的离别总让人痛苦。

古诗文 鱼沈雁杳天涯路，始信人间别离苦。

白话 哭着想你，想要写信告诉你又不知道该说些什么。

古诗文 泪纵能干终有迹，语多难寄反无词。

白话 你就像那月亮一样不可捉摸，刚刚圆满又缺了，等到下一次再圆不知是什么时候？

古诗文 恨君却似江楼月，暂满还亏，暂满还亏，待得团圆是几时？

白话 让人难受的事情很多，但是贫贱夫妻愁苦的事情更多。

古诗文 诚知此恨人人有，贫贱夫妻百事哀。

白话 不再想你，近来才发现这样做没有什么好处。

古诗文 屏却相思，近来知道都无益。

白话 看见红豆就想起了相思，眼眶马上就湿了。

古诗文 红豆不堪看，满眼相思泪。

白话 月亮那么好看，却只能一个人欣赏。

古诗文 今夜鄜州月，闺中只独看。

白话 思念总是让人难受，就像燃烧的蜡烛一样，不停滴泪。

古诗文 思君如明烛，煎心且衔泪。

白话 再美好的音乐也留不住你的脚步，天黑之前就要送你离开了。

古诗文 吹箫凌极浦，日暮送夫君。

白话 总有重感情的人为爱人殉情，放弃生命也无所谓。

古诗文 贞女贵徇夫，舍生亦如此。

白话 如果可以，真想寄一份相思给你，此时我正在旧居中追忆曾经与你挑灯夜话的场景。

古诗文 寄相思，寒雨灯窗，芙蓉旧院。

白话 高山遮住了相思之路，杜鹃声声啼叫，直到叫不出声。

古诗文 屏山遮断相思路，子规啼到无声处。

白话 换上好衣服，走进你的房间，给你弹奏一曲。

古诗文 绣袂捧琴兮，登君子堂。

白话 你送的礼物我系在身上，感谢你对我的深情厚谊。

古诗文 感君缠绵意，系在红罗襦。

白话 快要凋谢的花意外引来两只蝴蝶，把它们的爱情酿成甜美的蜜。

古诗文 可能无意传双蝶，尽付芳心与蜜房。

白话 你在遥远的地方，一直见不到面。

古诗文 君在天一涯，妾身长别离。

白话 分别之后，你还思念我吗？

古诗文 问别来、解相思否。

白话 只有回到你身边，才能让我的思念得以缓解。

古诗文 相思难表，梦魂无据，惟有归来是。

白话 相思无处可诉，何必要给你写信，让眼泪沾湿了信纸。

古诗文 相思本是无凭语，莫向花笺费泪行。

白话 花会开，也会落，再多情的人也会感受到感情里的伤心难过。

古诗文 旋开旋落旋成空，白发多情人更惜。

白话 为何我轻易地离别，一年能和家人团圆几次。

古诗文 问君何事轻离别，一年能几团圆月。

白话 相思之情说给谁听呢，薄情之人是不会懂得的。

古诗文 欲把相思说似谁，浅情人不知。

白话 等到花朵都落尽的时候，它们就来陪伴孤独的你。

古诗文 待浮花、浪蕊都尽，伴君幽独。

白话 那美丽的女子，看着好像远在天边。

古诗文 美人如花隔云端。

白话 因为喜欢你，所以觉得你很迷人，谁也比不上你的完美。

古诗文 色不迷人人自迷，情人眼里出西施。

白话 因为想你，青丝都变成白发，我也日渐沧桑。

古诗文 两鬓可怜青，只为相思老。

白话 问问江水，什么像你的心意，什么又像我的心意?

古诗文 借问江潮与海水，何似君情与妾心?

白话 听见你的歌声，让我有些难过，只好偷偷擦眼泪。

古诗文 掩妾泪，听君歌。

白话 如果我们前世没有缘分，只希望来生我们能在一起。

古诗文 若是前生未有缘，待重结、来生愿。

白话 因为思念让我眼花缭乱，把红的当成绿的，身体憔悴不已。

古诗文 看朱成碧思纷纷，憔悴支离为忆君。

白话 回头看着天边的白云，想着远去的那个人，心中很是惆怅。

古诗文 湖上一回首，山青卷白云。

白话 情爱说断也很简单，不懂人感情的燕子，才能毫无顾忌地四处呢喃。

古诗文 无那尘缘容易绝，燕子依然，软踏帘钩说。

白话 开天辟地以来，有谁是为了爱情，其实只是为了一时的快活，才表现得深情。

古诗文 开辟鸿蒙，谁为情种？都只为风月情浓。

白话 麦子熟了，蛾破茧而出，我边缫丝边想你，对你的思念就像丝线一样，千头万绪。

古诗文 荆州麦熟茧成蛾，缫丝忆君头绪多。

白话 风声吹出声响，一个人的夜越发显得格外悲凉。

古诗文 风摧寒棕响，月入霜闺悲。

白话 对你的思念是无法书写的，只好让它随水波而去。

古诗文 写不了相思，又蘸凉波飞去。

白话 有人在催你启程，我却端起酒杯只希望你能留下来。

古诗文 画船捶鼓催君去。高楼把酒留君住。

白话 思念的人距离好遥远啊。

古诗文 长相思，在长安。

白话　你说的话我要是不愿意听，那其余的讨好都毫无意义。

古诗文　一语不入意，从君万曲梁尘飞。

白话　我唱歌，你跳舞，都是在困境中的自娱自乐。

古诗文　我歌君起舞，潦倒略相同。

白话　月亮照在我的窗前，想念的人却不在身边。

古诗文　可怜闺里月，长在汉家营。

白话　希望你回来却总看不见人，抬头看到了喜鹊。

古诗文　终日望君君不至，举头闻鹊喜。

白话　无论做什么事情，都能想起你。

古诗文　采采卷耳，不盈顷筐。嗟我怀人，寘彼周行。

白话 相爱的人最害怕的就是离别，尤其是在秋风吹落叶的季节。

古诗文 多情自古伤离别。更那堪，冷落清秋节。

白话 我的愁绪就像那一望无际的烟草和满城的飞絮。

古诗文 若问闲情都几许。一川烟草，满城风絮。

白话 夫妻离别最是难过，眼泪流也流不尽。

古诗文 石壕村里夫妻别，泪比长生殿上多。

白话 有喜欢的人，但是注定得不到。

古诗文 南有乔木，不可休思。汉有游女，不可求思。

白话 思虑很多又很怀念故乡，不知道为什么要留在远方。

古诗文 慊慊思归恋故乡，君为淹留寄他方？

白话 谱写我们情谊的曲子没有人传唱，但愿它随着春风到远方。

古诗文 此曲有意无人传，愿随春风寄燕然。

白话 忽然想起来，去年的今天正是与你分别的日子。

古诗文 正是去年今日，别君时。

白话 每天不吃不喝，谁也劝不好失恋的我。

古诗文 不茶不饭，不言不语，一味供他憔悴。

白话 月亮见证我的思念，嫦娥都会为我的情谊感动。

古诗文 明月照相思，也得姮娥念我痴。

白话 经常梦见你，才知道你对我的情意。

古诗文 三夜频梦君，情亲见君意。

白话 你不承认身边已经有新人陪伴，只骗我说回来的路途太远。

古诗文 不道新知乐，只言行路远。

白话 再尖锐的剪刀，也剪不断离愁。

古诗文 算空有并刀，难剪离愁千缕。

白话 流着泪问你什么时候回来。

古诗文 羞泪下，捻青梅。低声问道几时回。

白话 我们从小一起长大，青梅竹马。

古诗文 郎骑竹马来，绕床弄青梅。

白话 我们虽然生活在一个地方，但从小没见过。

古诗文 同是长干人，生小不相识。

白话 我靠墙玩弄着青梅树的枝条，你骑着马在垂杨边上。

古诗文 妾弄青梅凭短墙，君骑白马傍垂杨。

白话 相逢永远都是短暂的，只期望有一天能和你长久地在一起。

古诗文 相逢虽草草，长共天难老。

白话 曾经酒醉和你相遇，冰冷的树枝斜插入头巾。

古诗文 天街曾醉美人畔，凉枝移插乌巾。

白话 我愁眉深锁，只有看见你的时候，才会非常开心。

古诗文 柳眉愁黛为谁开。似向东君、喜见故人来。

白话 我们从小住在一个地方，从小就很要好。

古诗文 同居长干里，两小无嫌猜。

白话 我独守空房思念着你，不敢把你遗忘，不知不觉流下眼泪。

古诗文 贱妾茕茕守空房，忧来思君不敢忘，不觉泪下沾衣裳。

白话 需要技巧的事情容易做到，需要用情的却很难做到。

古诗文 百花绣尽皆鲜巧，惟有鸳鸯绣不成。

白话 看着你的车越走越远，也带走了我的思念。

古诗文 车遥遥兮马洋洋，追思君兮不可忘。

白话 隔在我们中间的那座山真的很讨厌，让我们不能相见。

古诗文 刘郎已恨蓬山远，更隔蓬山一万重。

白话 相思之苦已经很折磨人了。

古诗文 还作一段相思，冷波叶舞愁红，送人双桨。

白话 每次联系都让我越发想你，不知道天冷了，你有没有穿上御寒的衣服？

古诗文 一行书信千行泪，寒到君边衣到无？

白话 不久我发现，因你迷人的眼睛，我思念你，衣带渐宽，日益憔悴。

古诗文 还始觉、留情缘眼，宽带因春。

白话 难过的时候却想不到见你的理由。

古诗文 空惆怅，相见无由。

白话 独自一人凭栏远望，告别的时候是容易的，再见却很难。

古诗文 独断凭栏，无限江山，别时容易见时难。

白话 只能在灯前说着往日的故事，偷偷哭不敢让人看见。

古诗文 又说向、灯前拥髻，暗滴鲛珠坠。

白话 想说的话已经不能对那个人说了，就像过季的花，不再绽放，满心的思念无人知晓。

古诗文 教人无处寄相思，落花芳草过前期，没人知。

白话 你美得就像花。

古诗文 俏丽若三春之桃，清素若九秋之菊。

白话 希望月光能把我的思念传递给你。

古诗文 仰头看明月，寄情千里光。

白话 跟你分开时，每一次回头看都让人肝肠寸断。

古诗文 一看肠一断，好去莫回头。

白话 不要说人不会伤神，风吹起帘子，帘子里的人身形消瘦。

古诗文 莫道不销魂，帘卷西风，人比黄花瘦。

白话 太阳已西斜，秋风袭来。你今天还会来吗？

古诗文 落日斜，秋风冷。今夜故人来不来？

白话 听说红豆可以用来表示相思，希望你能多采一点。

古诗文 红豆生南国，春来发几枝。愿君多采颉，此物最相思。

白话 你不在身边，我每天只能孤独地守着空房，不能去见你让我非常伤心。

古诗文 忧则忧鸾孤凤单，愁则愁月缺花残。

白话 离别的时间太久，一切伤痛都会被时光抹去。

古诗文 春未绿，鬓先丝。人间别久不成悲。

白话 一脸的深情，半张纸的思念。

古诗文 一面风情深有韵，半笺娇恨寄幽怀。

白话 恨意千万如丝如缕，飘散到了遥远的天边。

古诗文 千万恨，恨极在天涯。

白话 本来想跟你诉说一下离别之情，可是你却已经转身离去。

古诗文 欲诉幽怀，转过回阑叩玉钗。

白话 我们曾经一起游山玩水，可惜如今只能我一个人前来。

古诗文 登山临水年年是。常记同来今独至。

白话 海棠花柔弱娇嫩，哪怕深夜月光下，身影仍清晰可见。

古诗文 芳心一点娇无力，倩影三更月有痕。

白话 一生时间里得意太少，故而愿为美人一笑花费千金。

古诗文 浮生长恨欢娱少，肯爱千金轻一笑。

白话 多少人物都是一代豪杰。

古诗文 千古风流人物，一时多少雄豪。

白话 希望我们的爱情能够相守到老，至死不分开。

古诗文 梧桐相待老，鸳鸯会双死。

白话 思念无穷无尽，只因相聚太短暂，又匆匆分别。

古诗文 天涯流落思无穷，既相逢，却匆匆。

白话 想要回家却回不去，只能给你写信让你知道我的心意。

古诗文 思归未可得，书此谢情人。

白话 看见烟花也会难过，恨不能和你一起欣赏。

古诗文 一生风月供惆怅，到处烟花恨别离。

白话 喝酒抵御不了寒风。

古诗文 三杯两盏淡酒，怎敌他、晚来风急。

白话 除非山化为了平地，江水都干涸枯竭，我才会不爱你。

古诗文 山无陵，江水为竭。

白话 夜晚太过漫长，梦见你的美梦却醒得太过匆忙。

古诗文 夜长嫌梦短，泪少怕愁多。

白话 梦境像海水一样悠长，看你烦恼，我也烦恼。

古诗文 海水梦悠悠，君愁我亦愁。

白话 越是团聚的日子越是容易想念，这种分别的痛苦，也只有两个人能体会得到。

古诗文 谁教岁岁红莲夜，两处沉吟各自知。

白话 我对你不再喜欢，那一定是天地合并，夏天飞雪。

古诗文 冬雷震震，夏雨雪。天地合，乃敢与君绝。

白话 我对你的满眼思念，旁人一看便知。

古诗文 眼波才动被人猜。

白话 你想我的时候，我也在想你。

古诗文 扪萝正意我，折桂方思君。

白话 孤独的时刻总是那么长。

古诗文 闺中红日奈何长。

白话 离别多见面少却也无可奈何，只能回忆从前与你恩爱的日子，感叹如今只剩下自己难过。

古诗文 别多会少知奈何，却忆从前恩爱多。

白话 旧日富丽不再，想也白想。

古诗文 青绫被，莫忆金闺故步。

白话 我的思念随落花走远，你又如何见得？

古诗文 恐断红、尚有相思字，何由见得。

白话 忧愁的人都一样，也不是只有这一句能说。

古诗文 个里愁人肠自断，由来不是此声悲。

白话 只可惜，当时相处的时间太少。

古诗文 但怪得、当年梦缘能短。

白话 上天给予的因缘都是短暂的，因此聚散都变得很容易。

古诗文 天与短因缘，聚散常容易。

白话 最近总是觉得忧愁，却没有人能够理解我，怜惜我。

古诗文 近来愁似天来大，谁解相怜。

白话 见不到你的每一天，我都十分寂寞。

古诗文 春朝秋夜思君甚，愁见绣屏孤枕。

白话 你看那酒里的夕阳所剩无多，只好向花间去寻它最后的踪迹。

古诗文 为君持酒劝斜阳，且向花间留晚照。

白话 东君如何解思量？精雕细琢暗藏心意。

古诗文 何事东君，解将芳思，巧缀一斛春冰。

白话 那位佳人美丽动人，晚风吹动的不是佳人的衣衫，是我的心。

古诗文 人姝丽。粉香吹下，夜寒风细。

白话 你的东西留在身边，只能让我看见了越发地想你。

古诗文 犹有枕囊留，相思物。

白话 无奈的是，旧人走远，万水千山，相思难免。

古诗文 应难奈，故人天际，望彻淮山，相思无雁足。

白话 和你一起携手看花的时间，不知道还能维持多久。

古诗文 携手佳人，和泪折残红。为问东风余几许？

白话 少女的娇羞，展现了一种优雅而含蓄的美。

古诗文 小晕红潮，斜溜鬓心只凤翘。

白话 我独自待在这没有人理会，就算容颜憔悴又有谁在意呢。

古诗文 那里是清江江上村，香闺里冷落谁瞅问？好一个憔悴的凭栏人。

白话 夕阳下的人们啊，好像都失了魂。

古诗文 日斜人散暗销魂。

白话 我对你的情感是如此的坚定，没有什么能够动摇。

古诗文 波澜誓不起，妾心古井水。

白话 那些都是浮云，全不是我想要的。

古诗文 虽则如云，匪我思存。

白话 真正相爱的人，就算天地无情，也会同意两颗真心在一起。

古诗文 寄言织女若休叹，天地无情会相见。

白话 月亮还是那个月亮，你却不在身边。

古诗文 年年今夜，月华如练，长是人千里。

白话 恨梦太短，醒得太早，只能在花间寻找。

古诗文 怅望前回梦里期，看花不语苦寻思。

白话 说的有一半都是废话。

古诗文 老去填词，一半是、空中传恨。

白话 就算春天仍旧在，谁和我看？

古诗文 春纵在，与谁同？

白话 我虽不在家，但家人小聚时，应该也会提到我这个在外的人。

古诗文 想得家中夜深坐，还应说着远行人。

白话 梦就是梦，多好听都没有用。

古诗文 往事迢迢徒入梦，银筝断续连珠弄。

白话 能懂我的又有几个呢？

古诗文 欲将心事付瑶琴，知音少，弦断有谁听。

白话 这么多认识的人，能交心的没几个。

古诗文 相识满天下，知心能几人。

白话 交情不在距离。

古诗文 相知无远近，万里尚为邻。

白话 交朋友一定要找比自己强的人，否则还不如不交。

古诗文 结交须胜己，似我不如无。

白话 交情不能用金钱来衡量。

古诗文 人生贵相知，何必金与钱。

白话 世界这么大，哪有我的位置呢。

古诗文 人生天地间，忽如远行客。

白话 虽然很想你，但也不想打扰你，分开之后只希望你能学有所得。

古诗文 相思不作勤书礼，别后吾言在订顽。

白话 不开心的事经常有，能说出来的却没几件。

古诗文 不如意事常八九，可与语人无二三。

白话 懂我的人不需要我解释。

古诗文 知我者，谓我心忧；不知我者，谓我何求。

白话 能和我歌，方是知音。

古诗文 若有知音见采，不辞遍唱阳春。

白话 哪怕非亲，也是兄弟。

古诗文 落地为兄弟，何必骨肉亲。

白话 贫穷与富有都应该孝顺。

古诗文 人子孝顺心，岂在荣与槁？

白话 离家的孩子回不来，我的心都碎了。

古诗文 游子未能归，感慨心如捣。

白话 不做不知道，一做吓一跳。

古诗文 当家才知柴米贵，养儿方知父母恩。

白话 孝敬父母要趁早。

古诗文 树欲静而风不止，子欲养而亲不待。

白话 儿子不能在跟前尽孝，和没有儿子没区别。

古诗文 惨惨柴门风雪夜，此时有子不如无。

白话 母爱的伟大，在你回家的一刻体现得最直白。

古诗文 爱子心无尽，归家喜及辰。

白话 对家乡的思念随距离拉长而更强。

古诗文 吴树燕云断尺书，迢迢两地恨何如？

白话 不求儿女聪明伶俐，平平安安才是福气。

古诗文 惟愿孩儿愚且鲁，无灾无难到公卿。

白话 啥也不说了，早点回家吧

古诗文 行行无别语，只道早还乡。

白话 有儿子没啥可高兴的，没有儿子也没啥可悲伤的。

古诗文 有子且勿喜，无子固勿叹。

白话 离家越近心情越激动。

古诗文 近乡情更怯，不敢问来人。

白话 都是自家人，为什么要互相为难啊？

古诗文 本是同根生，相煎何太急？

白话 你应该知道家乡近年的变化吧。

古诗文 君自故乡来，应知故乡事。

白话 离开这么多年我都不认识你了。

古诗文 儿童相见不相识，笑问客从何处来。

白话 如果一年只能见你一面，那就让我们选择七夕那一天。

古诗文 但令一岁一相逢，七月七日河边渡。

妙语连珠

白话　哥哥，你好帅啊！

古诗文　郎艳独绝，世无其二。

白话　妹妹真美啊！

古诗文　娉婷袅袅十三余，豆蔻梢头二月初。

白话　离别的时刻总会来临，谁又能忍住在这个时候不流泪呢。

古诗文　相送情无限，沾襟比散丝。

白话　姐姐真漂亮啊！

古诗文　芙蓉不及美人妆，水殿风来珠翠香。

白话　不化妆都这么美？

古诗文　清水出芙蓉，天然去雕饰。

白话 你的笑容让一切都黯然失色。

古诗文 众里嫣然通一顾，人间颜色如尘土。

白话 你真好看。

古诗文 依旧桃花面，频低柳叶眉。

白话 你皮肤真白。

古诗文 垆边人似月，皓腕凝霜雪。

白话 你的容颜，倾倒众人。

古诗文 眉目艳皎月，一笑倾城欢。

白话 你不仅外表光鲜，还有气质。

古诗文 顾盼遗光彩，长啸气若兰。

白话 没有琐事才是最好的事。

古诗文 此时情绪此时天，无事小神仙。

白话 那人不仅外表俊美，还有超凡的气质。

古诗文 青袍美少年，黄绶一神仙。

白话 这个男生仿佛一块玉。

古诗文 有匪君子，如切如磋，如琢如磨。

白话 爱读书的人有气质。

古诗文 腹有诗书气自华。

白话 看人家那个眉眼，多好看啊。

古诗文 水是眼波横，山是眉峰聚。

白话 你的皮肤真好。

古诗文 手如柔荑，肤如凝脂。

白话 你的眼神比珍珠还迷人。

古诗文 一寸秋波。千斛明珠觉未多。

白话 眼神清澈明亮，手指洁白无瑕。

古诗文 双眸剪秋水，十指剥春葱。

白话 这个歌真好听。

古诗文 此曲只应天上有，人间难得几回闻。

白话 你一定要这么说话吗？

古诗文 语不惊人死不休。

白话 皇帝又能奈我何？

古诗文 帝力于我何有哉。

白话 美丽又有才的女子，说的就是你这样的啊。

古诗文 锦江滑腻蛾眉秀，幻出文君与薛涛。

白话 多会说话的小嘴儿，多会写作的文采啊。

古诗文 言语巧偷鹦鹉舌，文章分得凤凰毛。

白话 你的美貌无人能比。

古诗文 秀色掩今古，荷花羞玉颜。

白话 你的身材不胖不瘦很匀称。

古诗文 态浓意远淑且真，肌理细腻骨肉匀。

白话 你才华和样貌出众，凡人之中无可比拟。

古诗文 气质美如兰，才华馥比仙。

白话 谁能比你还贤惠啊。

古诗文 有妇谁能似尔贤，文章操行美俱全。

白话 你太勤快了。

古诗文 昼夜勤作息，伶俜萦苦辛。

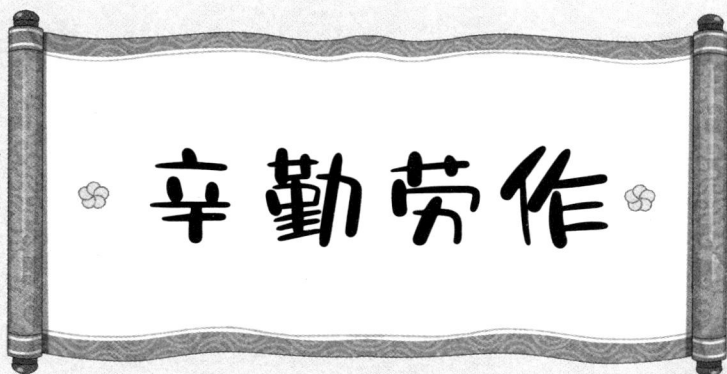

辛勤劳作

白话 哪怕是下雨，也手拿一把稻苗在插秧。

古诗文 紧束晓烟青一把，细分春雨绿成行。

白话 每天都在地里开心地劳作，哪怕是开荒也很有意义。

古诗文 晨兴理荒秽，带月荷锄归。

白话 铁匠的工作热火朝天。

古诗文 炉火照天地，红星乱紫烟。

白话 等不到雨就挑水浇菜。

古诗文 久种春蔬旱不生，园中汲水乱瓶罂。

白话 春天的农村没有闲人，不是忙这就是忙那。

古诗文 乡村四月闲人少，才了蚕桑又插田。

白话 没日没夜地干活，穷人的孩子早当家。

古诗文 昼出耘田夜绩麻，村庄儿女各当家。

白话 不分你我，协力合作干农活。

古诗文 北山种了种南山，相助力耕岂有偏。

白话 辛苦的劳作使人身形枯槁。

古诗文 满面尘灰烟火色，两鬓苍苍十指黑。

白话 哪怕身体已经很疲惫，也不能让工作停下来。

古诗文 筋力日已疲，不息窗下机。

白话 不要浪费粮食。

古诗文 谁知盘中餐，粒粒皆辛苦。

白话 在品尝劳动成果的时候，也不要忘了为之付出的人。

古诗文 采得百花成蜜后，为谁辛苦为谁甜？

白话 为了生计，全家出动。

古诗文 田夫抛秧田妇接，小儿拔秧大儿插。

白话 再微小的付出，时间久了也会有回报。

古诗文 晨出肆微勤，日入负禾还。

白话 农业生产的辛苦是不分昼夜的。

古诗文 人牛力俱尽，东方殊未明。

白话 天太热了。

古诗文 足蒸暑土气，背灼炎天光。

白话 收获要及时，避免受灾。

古诗文 刈获须及时，虑为雨雪伤。

白话 丰收之时啥都有啊！

古诗文 园蔬林果不足数，山雉野兔霜未增。

白话 布谷鸟叫的时候就是要开始种地了。

古诗文 布谷布谷天未明，架犁架犁人起耕。

白话 心中惦记着作物的发育，连觉都不敢熟睡。

古诗文 饭牛三更起，夜寐不敢熟。

白话 农人满眼都是活，哪里有心到处游玩呢！

古诗文 农家满眼皆生意，应是无心出此乡。

白话 农村的夏天，宁静又和谐。

古诗文 雉雊麦苗秀，蚕眠桑叶稀。

白话 应着时节，村里开始忙碌起来。

古诗文 村南啼布谷，村北响缫车。

白话 繁忙工作中，偷闲转换下心情。

古诗文 妇姑相唤浴蚕去，闲看中庭栀子花。

白话 无尽的烦恼很多都源于外在的牵扯。

古诗文 心累犹不尽，果为物外牵。

白话 我有什么功劳能过这样的好生活啊。

古诗文 今我何功德，曾不事农桑。吏禄三百石，岁晏有余粮。

白话 有功劳的人却得不到应得的奖赏。

古诗文 护主有恩当食肉，却衔枯骨恼饥肠。

白话 再小的物件，也有它的功用。

古诗文 枣花至小能成实，桑叶虽柔解吐丝。

白话 长得好看有什么用啊？

古诗文 世间多少闲花草，无补于人也自惭。

白话 现在的努力是为了将来的收获。

古诗文 愿言努力加餐叶，二月吴民要卖丝。

白话 好不容易熬到开支的日子了，结果又发不出来了。

古诗文 已分忍饥度残岁，更堪岁里闰添长。

白话 你都已经如此富有，却还嫌不够。

古诗文 朱门几处看歌舞，犹恐春阴咽管弦。

白话 过苦日子的时候，就不要挑三拣四。

古诗文 时挑野菜和根煮，旋斫生柴带叶烧。

白话 真正悲伤的人，只是说话都能让人感受得到。

古诗文 听其相顾言，闻者为悲伤。

白话 好日子过多了，忘记了生活的不易。

古诗文 时人不识农家苦，将谓田中谷自生。